LA MORT D'ORPHÉE,

OU

LES FÊTES DE BACCHUS,

BALLET HÉROÏQUE,

DE LA COMPOSITION DE M[r] HUS;

Représenté sur le Théâtre de la Comédie Françoise,

Le Mercredi 6 Juin 1759.

Prix six sols.

A PARIS,
Chez la Veuve DELORMEL, & FILS, Imprimeur-Libraire de l'Académie Royale de Musique, rue du Foin, à Ste Geneviéve.

M. DCC. LIX.

Avec Approbation & Permission.

NOMS DES PERSONNAGES.

PRINCIPALE BACCHANTE, Mlle Allart.

ORPHÉE, M^r^ D'Eterville.

BACCHUS, Mr Hus.

SECONDE BACCHANTE, Mlle Guimard.

FAUNES.

Mrs Grangé, Leger, Goujy, Dupuis, Julien, Capillon, Sciot, Antoine, Colin, Rivier.

BACCHANTES.

Mlles Rosalie, Le Grand, Vallois, Contat, Marigni, Desmartin, Contat, c. Langlois, Fontnelle, Flesselle.

LA MORT D'ORPHÉE, OU *LES FÊTES DE BACCHUS.*

AUX deux côtés du fond du Théâtre, on apperçoit plusieurs Montagnes, séparées par un Vallon, orné de quelques arbres, qui laissent voir l'Ebre dans l'enfoncement. Orphée est assis sous ces arbres; & enchanté du doux son de sa Lyre, les animaux les plus féroces, qui tranquilles & couchés autour de lui, demeurent attentifs à l'harmonie qui les attire. Les Arbres & les Rochers paroissent se rapprocher pour entendre de plus près ; lorsqu'il cesse de tirer des sons de sa Lyre , les Rossignols font de vains efforts pour les imiter, & tombent morts de jalousie & de douleur de ne pouvoir y réussir. Orphée finit par un Morceau lugubre & intéressant, par lequel il exprime les regrets qu'il a de la perte de sa chere Euridice. Les Animaux attendris, inclinent leurs têtes. Insensiblement les Montagnes & les Rochers se fendent ; les Arbres laiſſent tomber les pleurs que l'Aurore avoit au matin répandues ſur leurs feuilles. Toute la Nature s'intéreſſe à la douleur d'Orphée. Les Bacchantes ſeules, qui l'entendent, ſont inſenſibles à ſes ſons. Elles le ſoupçonnent de mépris pour elles ; elles ont juré ſa perte ; elles ſe précipitent en fureur du haut des Montagnes, couvertes de peaux de Bêtes féroces, tenant un Thirſe d'une main, & un Tambour ou une Flûte de l'autre : elles viennent pour le frapper de leurs Thirſes ; les ſons d'Orphée enchantent leurs armes qui s'échappent de leurs mains, & tombent ſans force au pied du Chantre de la Thrace. Pour y ſuppléer, elles veulent ramaſſer des pierres qui reſtent attachées à la terre, quelques efforts qu'elles faſſent, & refuſent, ainſi que les branches d'arbre, de ſe prêter à ce projet barbare. Elles paroiſſent elles-mêmes adoucies un moment par la Lyre enchantereſſe; mais pour n'y pas ſuccomber, & s'empêcher d'en entendre les ſons harmonieux, elles font avec leurs Tambours & leurs Flûtes un bacchanal que l'Orcheſtre exprime. Celle qui eſt à leur tête, reſte ſeule attendrie, & s'aſſeoit auprès d'Orphée pour l'écouter. Les Bacchantes arrachent les cornes de plusieurs Taureaux attirés par les sons de la Lyre, se saisissent des bêches que des Laboureurs avoient quittées pour être plus attentifs, & veulent fondre sur le malheureux Orphée, qui tend en vain les mains pour les fléchir. La principale Bacchante fait des efforts inutiles pour arrêter la fureur de ses Compagnes. Elle qui leur commandoit, se jette à leurs genoux pour leur demander grace ; voyant quelle ne peut triompher de leur rage, elle fait un rempart de son corps au malheureux Orphée, & veut périr avant lui. Ses Compagnes se saisissent d'elle, l'arrachent de devant leur victime, &, pour quelle ne puisse plus s'opposer à leur fureur, l'attachent à un arbre avec son écharpe; ensuite elles tombent sur Orphée, le déchirent, le massacrent, jettent son corps & sa Lyre dans l'Ebre qui s'agite d'horreur, & exécutent un Morceau de Danse rempli de joie, de rage & de plaisir d'avoir détruit leur Ennemi. Ce Morceau de Musique, dans le goût d'une Tempête, doit laisser percer de tems en tems les accens plaintifs de la Lyre, qui d'elle-même & du fond du Fleuve, fait encore entendre ſes ſons doulou-reux. Une Symphonie annonce l'ar-rivée de Bacchus, la terreur ſai-ſit les Bacchantes qui prévoyent la colere de ce Dieu terrible, lorſ-qu'il apprendra la mort d'un hom-me qui préſidoit à ſes myſteres. Elles expriment leurs craintes & leur embarras par différens ta-bleaux, & s'enfuyent avec déſor-dre & confuſion à l'arrivée de Bac-chus. Ce Dieu deſcend de la Mon-tagne dans un Char, traîné par des Tigrès; le vieux Silêne & une Troupe de Faunes l'entourent. Il eſt étonné de voir les Bacchantes s'enfuir à son aspect ; mais son étonnement cesse quand il apperçoit la principale Bacchante attachée à un arbre, qui donne toutes les marques du désespoir, & qui l'implore aussi-tôt quelle le voit, en lui montrant, sous les arbres, l'Echarpe d'Orphée ensanglantée. Il connoît la fureur de ces Femmes jalouses, & ne doute plus de la mort de son cher Orphée. Il fait délier la principale Bacchante, lui promet justice, & envoye les Faunes chercher les autres Bacchantes. Leur terreur est l'aveu de leur crime ; elles se jettent à genoux , mais elles ne fléchiſſent point le Dieu irrité, qui les attache à la terre & les change en arbres. Les jeunes Faunes qui ne trouvent point leur compte à la métamorphoſe des Bacchantes, font ſi bien qu'ils fléchiſſent inſenſiblement la colere du Dieu qui rompt la métamorphoſe , & rend aux Bacchantes leur premier être & leurs premiers charmes ; les Faunes & les Bacchantes exécutent les Fêtes de Bacchus pour le remercier ; & les Fêtes ſe terminent par une Contre-danſe générale , qui finit par la Marche de Bacchus qui remonte la Montagne avec ſa Suite.

F I N.

PErmis d'imprimer, à la charge d'enregiſtrement à la Chambre Syndicale, ce 21 Mai 1759.

BERTIN.

Regiſtré la préſente Permiſſion ſur le Regiſtre des Permiſſions de la Communauté des Libraires & Imprimeurs de Paris, N° 3779, conformément aux anciens Réglemens, confirmés par celui du 28 Février 1723. A Paris, ce 29 Mai 1759.

SAUGRAIN, Syndic.

www.ingramcontent.com/pod-product-compliance
Ingram Content Group UK Ltd.
Pitfield, Milton Keynes, MK11 3LW, UK
UKHW020553230726
13925UKWH00006B/2582

9 782019 273194